D1285905

# TOUT UN CADEAU!

## Robert Munsch

### Illustrations de Michael Martchenko

Texte français de
**Christiane Duchesne**

Éditions
SCHOLASTIC

Les illustrations de ce livre ont été réalisées à l'aquarelle
sur du carton à dessin. Le texte a été composé avec
la police de caractères ITC Century Book.

Catalogage avant publication de Bibliothèque et Archives Canada
Munsch, Robert N., 1945-
[Finding Christmas. Français]
Tout un cadeau! / Robert Munsch ; illustrations de Michael Martchenko;
traduction de Christiane Duchesne.

Traduction de: Finding Christmas.
ISBN 978-1-4431-1319-9

I. Martchenko, Michael  II. Duchesne, Christiane, 1949-  III. Titre.
IV. Titre: Finding Christmas.  Français.

PS8576.U575F4714 2012          jC813'.54          C2012-901682-9

Édition publiée par les Éditions Scholastic, 604, rue King Ouest,
Toronto (Ontario)  M5V 1E1 CANADA.

6 5 4 3 2 1    Imprimé en Malaisie 46    12 13 14 15 16

*Pour Julie, Andrew et Tyya Munsch,*
*à Guelph, en Ontario*

Julie trouve toujours ses cadeaux avant Noël.

Une année, elle les a trouvés dans l'armoire au sous-sol.

Une autre fois, elle les a trouvés dans la salle de bains.

L'année dernière, elle les a trouvés dans le garage.

Mais CETTE année, Julie commence à se demander si ses parents vont lui en donner, des cadeaux! Elle a fouillé partout, partout, partout, partout et elle n'a rien trouvé.

La veille de Noël, Julie décide de chercher une dernière fois.

Elle s'aventure au sous-sol entre les toiles d'araignées.

PAS DE CADEAUX!

Elle va dans la salle de bains et jette toutes les serviettes par terre.

PAS DE CADEAUX!

Elle entre dans la chambre de ses parents et sort tous les vêtements des tiroirs et tous les vêtements des placards.

PAS DE CADEAUX!

Elle sort tout ce qu'il y a dans le garage, regarde sous la voiture et sous la tondeuse à gazon.

PAS DE CADEAUX!

Elle téléphone à son amie qui habite en face, de l'autre côté de la rue.

— Denise, Denise! J'ai fouillé dans toute la maison. Il n'y a rien nulle part! C'est la veille de Noël et il n'y a PAS DE CADEAUX!

Pas un seul.

PAS UN SEUL CADEAU!

— Attends, attends! dit Denise. De ma fenêtre, tu sais ce que je vois sur le toit de ta maison?

— Oui, je sais. Un gros père Noël avec un gros traîneau. Papa et maman ont installé ça, cette année. C'est super, non?

— Oui, super! Et qu'est-ce qu'il y a dans le traîneau sur le toit de ta maison?

— Une grosse boîte, dit Julie.

— Oui! dit Denise. Et dans la boîte, qu'est-ce qu'il y a, tu penses?

— Bien sûr, dit Julie. Ils ont caché les cadeaux sur le toit!

Julie va se coucher très tôt. Puis, sans un bruit, elle monte sur le toit.

Elle ouvre la boîte et regarde à l'intérieur.

La boîte est remplie de cadeaux.
Julie se penche un peu plus… et tombe dans la boîte. Le couvercle se referme. Julie est prisonnière.

— Denise! crie-t-elle.

Mais Denise est déjà au lit.

— Papa! crie Julie.

Mais son papa est occupé à décorer l'arbre de Noël.

— Maman! crie Julie.

Mais sa maman est occupée à emballer le dernier cadeau du papa.

— André! crie Julie.

Mais son frère est occupé à préparer une assiette de biscuits pour le père Noël.

— Tyya! crie Julie.

Mais sa sœur s'est endormie sur le sofa.

Comme elle ne peut sortir de la boîte, Julie décide de dormir un peu.

Elle se couche au milieu des cadeaux, s'enroule dans une couverture et s'endort aussitôt.

Très tard ce soir-là, les parents de Julie montent sur le toit, prennent la grosse boîte et l'apportent dans la maison.

— Ah, ah! dit le papa de Julie. Pour une fois, Julie n'aura pas trouvé ses cadeaux. Elle ne sait pas ce qu'on lui offre.

— Ah oui! dit sa maman. Cette année, nous l'avons bien eue!

Ils fouillent dans la boîte et en sortent une bicyclette.

— Un beau cadeau pour André! dit le papa.

Ils fouillent dans la boîte et en sortent des crayons-feutres.

— Un beau cadeau pour Julie! dit la maman.

Ils fouillent encore et en sortent de jolis cubes.

— Un beau cadeau pour Tyya! dit le papa.

Ils fouillent encore et en sortent… Julie, profondément endormie, enroulée dans une couverture.

— Regarde! dit le papa de Julie. C'est une petite fille! C'est pour qui, cette petite fille?

— Je n'ai pas acheté de petite fille! dit la maman.

— C'est une bien jolie petite fille et ce sera MON cadeau de Noël, dit le papa.

— C'est une très jolie petite fille et ce sera MON cadeau de Noël, dit la maman.

— Non, dit le papa, je l'ai vue en premier, c'est mon cadeau à MOI!

— Non, dit la maman, je suis une fille, donc c'est un cadeau pour les filles, c'est mon cadeau à MOI!

Julie s'éveille.

— Minute! dit-elle. J'appartiens à vous deux.

— C'est vrai, disent le papa et la maman.

Alors, ils l'embrassent et la serrent dans leurs bras, l'emballent comme un cadeau et la déposent sous le sapin avec une petite carte qui dit :
POUR MAMAN ET PAPA

Le matin de Noël, André et Tyya
découvrent Julie tout emballée sous le sapin.

André se déguise en cadeau et s'assoit
sous le sapin.

Tyya se déguise en cadeau et s'assoit elle
aussi sous le sapin.

Lorsque leurs parents s'éveillent enfin, les
enfants s'écrient :

— JOYEUX NOËL!

Et pour la famille, c'est tout
un cadeau et le plus beau Noël!